잘 자, 코코

글·정미진 그림·안녕달

at|noon *books*

이사는 잘 했어.
혼자 하느라 힘들었지만 짐이 적어 할 만했어.
집은 마음에 들어.
적당히 크고 적당히 밝아.

네 물건은 따로 챙겨뒀어.
모아 보니 꽤 되더라.
카디건 한 벌, 셔츠 두 장, 책 세 권,
칫솔 하나, 머그컵 두 개.

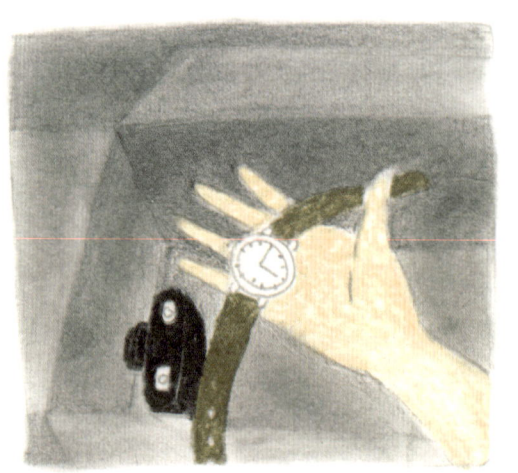

잃어버리고 한참 찾았던 시계랑 고장 나서
던져뒀던 카메라까지…….
하나하나 보고 있으려니 우습기도 하고
쓸쓸하기도 해.

아, 짝이 안 맞는 양말이 세 켤레나 있어.
일부러 그런 거지?
한참 웃었네.

짐은 우편으로 보낼게.
출국하기 전에 도착해야 할 텐데…….

아마 이게 마지막 편지겠구나.
'마지막'이란 단어는 참 이상하지.
괜히 없던 용기가 솟기도 하거든.
오늘 밤엔 두서없이 이런저런 이야기가 하고 싶네.
만나서 얼굴 보며 얘기하거나 전화로 목소리 들을 자신은 없지만…….
편지니깐 괜찮지 않을까. 잠도 안 오고 말이야.

무슨 얘기를 할까?
이사를 했고, 네 물건들을 챙겨두었고…….
아, 그래. 옷장을 새로 샀어.
옷장이 없어서 항상 옷이 여기저기 흩어져 있었잖아.
네가 사라, 사라 몇 번이나 잔소리했었지.
생각보다 너무 큰 걸 샀는지, 공간이 많이 비네.
네 짐이 빠져서 그런가 봐.

옷장 얘기가 나왔으니 말이야.
믿기 힘든 얘길 하나 해줄까?
어릴 적 일인데…….
네가 들으면 '에이, 거짓말.' 하고 웃을 거야.
그냥 옛날이야기처럼 들어줘.

일곱 살 때였어.

밤에 자는 걸 엄청 무서워했거든.
사방이 캄캄해지면 소리가 들리지 않고
빛이 사라져 그림자가 생기는 것도 너무 무서웠어.
늘 잠드는 게 힘들어 한참을 뒤척였지.

특히 엄마 아빠가 싸우시는 날에는 더 못 잤어.
아빠가 회사를 그만두고부터, 부모님은 자주 싸우셨거든.
그날도 엄마가 화가 많이 나서 아빠에게 소리를 질렀어.
이불로 귀를 아무리 막아도 잠들 수가 없었지.

그런 날에는 특효약이 있어.
바로 옷장에 들어가서 자는 거야.
옷장은 나만의 은신처였거든.
제일 좋아하는 인형과 책과 장난감을 숨겨뒀지.
문에는 크레파스로 그림을 그리고 짧은 일기도 썼어.
옷장 안에 있으면 깜깜한 밤도 무섭지 않고,
싸우는 소리도 들리지 않았거든.

옷장에 이름도 붙여줬어.
'코코' 내가 코— 잠들 수 있는 곳이니깐. 코코.
그래, 옷장 이름은 코코였어.

"또 옷장에 들어갔구나."
아빠는 옷장에 숨어 있는 날 찾아내고,
안쓰러운 눈으로 바라보고는 했어.
"잠이 안 오니?"
"응."
아빠는 옷장 앞에 앉아 책을 읽어주셨지.
나는 그제야 안심이 되어 아빠가 책 읽는 목소리에 귀 기울였어.
"오늘은 여기까지."
"아빠, 조금만 더. 조금만 더요."
책 읽는 아빠 목소리가 좋아, 계속 읽어 달라 조르곤 했어.

"아빠가 회사 안 나가서 엄마가 화난 거야?"
내 물음에 아빠는 빙긋이 웃기만 하셨어.
"이제 침대에서 자야지?"
"아니, 난 옷장에서 자는 게 좋아. 여기서 자면 하나도 안 무섭거든."
"그럼, 오늘만이다?"

아빠는 웃으시며 아빠와 나만 아는 주문을 외웠지.
"놀 때는 신나게. 먹을 때는 맛있게. 잘 때는 코오 코오~."
나는 아빠 말투를 따라 흉내 내고는 했어.
"놀 때는 신나게. 먹을 때는 맛있게. 잘 때는 코오 코오~."
아빠는 잠들 때까지 내 머리를 쓰다듬어 주셨어.
그 손이 얼마나 크고 따뜻했는지 몰라.

아빠는 내가 무서울까 봐 문 앞에 작은 램프를 켜 두고 가셨어.
나는 그 불빛에 의지해 겨우 잠들 수 있었거든.

그때였어. 옷장이 부르르 떨리는 거야.
"뭐지?"
푸쉬쉬— 한숨 쉬듯 옷장 문이 활짝 열렸어.

문을 잡으려고 팔을 뻗자 몸이 붕— 떠올랐어.
옷장이 창문 밖으로 날아가기 시작한 거야.
양 문짝이 날개처럼 퍼덕이며 하늘을 날았지.

옷장을 타고 까만 하늘을 날아.

머리카락 사이로 시원한 어둠이 갈라져.

손가락 틈으로 부드러운 바람이 지나가.

멀리 별이 새어 나오고 있는 구름이 보였어.
크게 숨을 들이쉬자 별구름 속으로 쑤욱 빨려 들어간 거야.

구름에서 빠져나왔을 땐 하늘이 분홍빛으로 바뀌었어.
옷장에서 뛰어 내려 주위를 둘러보니, 한 번도 본 적 없는 신기한 세상이었어.

마치 거대한 스노우볼 안으로 들어온 것 같았거든.

 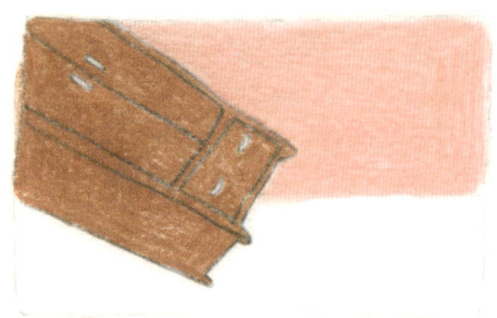

옷장이 벌떡 일어나 한 발짝 한 발짝 내게로 걸어왔어.

"내 이름은 코코. 여기는 쿠루의 나라야."
"코코? 쿠루?"

쿠루의 나라는 모두가 쿨쿨 잠들 때에만 생겨나.

옷장이 하는 말이, 아니 코코가 하는 말이 이해되지 않았어.

"뭐, 차차 알게 될 거야. 날 따라와."
멍하니 서 있다가 코코를 놓칠까 얼른 뒤따라갔지.

걷다 보니 드넓은 들판이 나왔어.
무지개색 개구리가 진흙 웅덩이 사이를 폴짝폴짝 뛰고 있었어.
개구리를 쫓아가니 수십 개의 무지개 빛깔 웅덩이가 펼쳐져 있는 거야.

"이것 봐! 코코! 정말 예쁘다! 그런데 어떻게 건너지?"
무지개색 개구리는 웅덩이 사이를 뛰어 건너편으로 가고 있었어.
나는 초록 웅덩이 앞에 서서 망설였지.
사실 도착한 이후 쭈뼛쭈뼛대고만 있었거든.
손발이 더러워질까 봐, 잠옷이 젖을까 봐.
무엇보다……. 낯설었으니까.
그래. 그때도 난 겁이 많았어.

"자, 날 따라해 봐! 이렇게 걷는 거야!"
코코는 까치발을 하고 웅덩이와 웅덩이 사이를 뛰어다녔어.

자신이 없어 작은 목소리로 답했어.

주먹을 꼭 쥐고 외쳤어!

"그래, 놀 때는 신나게!!!"
코코가 환하게 웃자 나도 따라 웃었어.

용기 내어 들판을 향해 뛰어갔어.
이리저리 웅덩이 사이를 피해 다녔지.
"잘 하는데?"
코코의 말에 재밌는 생각이 떠올랐어.
비 오는 날 일부러 웅덩이를 밟으면 즐겁잖아?
빨간 웅덩이, 파란 웅덩이, 노란 웅덩이!
찰팍! 찰팍! 질퍽! 질퍽!
무지개 빛깔 진흙이 온몸에 튀어
내가 꼭 무지개가 된 것 같았어.
"나 좀 봐 코코!!"
"으하하하! 너 진짜 웃겨!"

바람을 타고 노랫소리가 들려왔어.
가만히 듣고 있으면 코끝이 간지러워
재채기가 날 것 같은 멜로디였어.

기분이 좋아 가만있을 수가 없는 거야.
내가 노래에 맞춰 춤추기 시작하자 코코도 따라 춤을 추었어.

발이 미끄러져 쿵! 넘어지기도 하고

발레리나같이
웅덩이 사이를 사뿐히 뛰고

떼굴떼굴 굴러다니기도 했어.

큰 소리로 노래도 불렀지.

손발이 더러워지고 잠옷이 젖는 것도 몽땅 잊은 채,
아주아주 신나게 놀았어!
나는 눈과 이빨만 빼고 무지개색 진흙으로 덮였어.
내가 얼마나 멋졌는지, 넌 아마 상상도 못 할 거야.

"여기 정말 멋져! 하루 종일 놀고 싶어!"
무지개 진흙을 후드득 털어내며 말했어.
"이제 집으로 돌아갈 시간이야. 저길 봐."
코코의 말에 하늘을 바라보니
별구름의 반짝임이 점점 옅어지고 있는 거야.
"빛이 사라지기 전에 돌아가야 해."
"더 놀고 싶은 걸?"
"별구름이 완전히 사라져 버리면, 영영 못 돌아가."
아쉬웠지만 고개를 끄덕였어.
엄마 아빠를 못 보는 건 싫었으니깐…….
"자! 그럼 간다!!"
발길질하며 시동을 걸자 코코가 가뿐히 떠올랐어.

우리는 별구름을 통과해 검은 하늘을 날았어.
그리고 미끄러지듯 내 방 창문으로 돌아왔지.
"휴~. 정말 신났어! 그치? 코코?"
바람에 엉망이 된 머리카락을 손으로 빗어 내리며 물었어.
"코코?"
코코는 피곤해서 잠들었는지 아무 말이 없었어.

"엄마! 아빠! 에 옷장이 아니 코코가……!"
아침이 돼서 자랑하려고 거실로 달려갔어.
하지만 엄마는 이마를 찌푸린 채 날 바라보셨어.
"어디서 뭘 했기에 온 집안이 진흙투성이야!"
뒤돌아보니 뛰어온 길을 따라 발자국이 찍혀 있지 뭐야.
"속상해 죽겠어! 엄마를 도와주지는 못할망정! 왜 이렇게 속을 썩여!"
"엄마, 그게 있잖아!"
나는 코코를 타고 쿠루의 나라에 다녀왔다는 얘기를 했어.
"그걸 지금 나보고 믿으라는 거니? 어휴~."
엄마는 한숨만 내쉴 뿐 믿어주지 않았지.

엄마는 방으로 들어가 할머니와 통화를 하셨어.
그런데 방문 틈으로 울음소리가 들려오는 거야.
'엄마가 왜 우는 거지?'
문 옆에 붙어 이야기를 엿들었어.
"병원에서 검사 결과가 나왔어요. 이미 늦어서 방법이 없대요……."
무슨 얘기인지 궁금했지만 다가갈 수 없었어.
엄마가 굉장히 슬퍼 보였거든.

어른이 되니 노는 법을 잊어버렸어.

놀 수 있는 시간도 부족하고
더러워지면 안 되는 옷들이 많고
큰 소리로 노래 부르기엔 부끄러우니까.

넌 어때.
최근에 신나게 놀아 본 적 있어?

"코코, 코코~."   "일어나! 코코!"

그날 이후 코코는 며칠째 잠들어 있었지.

쿠루에서의 일들은 모두 꿈이었을까?

나는 코코가 깨어나길 기다리다 지쳐 잠들고는 했어.

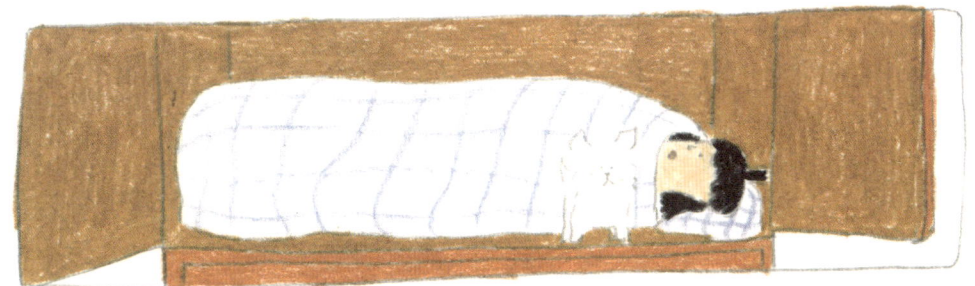

일주일쯤 지났을까.
잠들려는 찰나에 온몸이 떨리는 거야.

코코가 기지개를 켜고 있지 뭐야.
"하암~. 잘 잤다! 이제 놀아 볼까!"
"코코! 일어났어?!"
대답 대신 코코는 뜨거운 콧바람을 흥! 하고 내뿜었어.
그리고 창밖으로 휑! 날아올랐지.

코코를 타고 별구름을 넘어 쿠루의 나라에 도착했어.
역시 꿈 꾼 게 아니었던 거야!

우리는 전보다 더 신나게 놀았어.
쿠루의 나라에서는 매일매일 파티가 열렸거든.
처음 만나는 이도 다 같이 어울려 웃고 노래 부르고 춤추었지.
그곳에서는 어두운 밤도 더 이상 무섭지 않았어.

"그런데 말야, 좀 배고프지 않아?"
너무 열심히 놀았나.
배가 무지 고픈 거 있지?

어디선가 달짝지근한 냄새가 풍겨왔어.
"코코! 맛있는 냄새가 나!"
"정말!"

우리는 콧구멍을 벌렁거리며 냄새를 쫓아갔어.
홀린 듯 걷는데 순간 밑이 쑥 하고 꺼져버렸어.
바닥에 난 구멍에 빠지고 만 거야.

"코코! 나 좀 구해줘!"
"잠깐만 기다려!"

내 비명소리에
코코도 구멍 속으로
뛰어들었어.

우리는 미끄럼틀처럼
꼬불꼬불한 구멍을 타고
한참을 떨어졌어.

"코코! 나 수영 못해! 어푸! 어푸!"
구멍 밖으로 나오자마자 다시 물속에 빠져버렸어.
꼬르륵 물을 먹고 있는 나를 코코가 겨우 건져냈지.
"휴, 코코. 진짜 큰일 날 뻔했어!"
겨우 한숨 돌리고 있을 때였어.

갑자기 물살이 거세지며 소용돌이가 치는 거야.

"코코! 저것 좀 봐!"
양옆으로 괴물이 커다란 스푼을 들고 휘휘 젓고 있지 뭐야.
우리가 빠진 곳은 괴물들의 커다란 냄비였어!
괴물들은 알아들을 수 없는 말을 하며 우리를 내려다보았어.
난 무서워 코코를 꼭 껴안고 바들바들 떨기만 했지.

그 중 한 괴물이 낚싯대를 들고 왔어.
괴물은 우리를 낚싯대로 낚아 밖으로 꺼냈어.
"코코, 우릴 먹으려나 봐!"

겁먹었던 것과 달리 괴물들은 코코와 나를 먹지 않았어.
오히려 우리를 위해 요리를 시작하는 거야.
냄비 속으로 각종 야채와 과일을 넣고 무지개색 양념도 넣자
수프가 보글보글 끓어올랐어.

괴물들과 함께 쿠키와 빵도 구웠지.

함께 요리를 만드는 건
엄청 재밌었어!

완성된 음식을 차려두고 코코와 나, 그리고 괴물들
모두 둥글게 둘러앉았어.
하지만 막상 만들어진 요리를 보자
이상한 모양과 냄새에 겁이 나는 거야.
"맛있을까……?"
괴물들은 얼른 먹어보라는 듯 나를 빤히 바라보았어.

"먹을 때는 맛있게!"
코코는 망설이는 나를 보며 쿠키 하나를 집어먹었어.
나도 용기내서 쿠키를 집었지.

"정말 맛있다아!"

다 같이 힘을 합해 만든 요리는 정말 맛있었어.
그때처럼 맛있는 음식을 먹어본 적은 여태 없을 정도라니까!

다음 날 부엌에서 요리를 했어.
사실 어릴 때 밥을 잘 안 먹었거든.
부모님이 바빠 늘 혼자 먹어야 했으니깐.
하지만 아빠가 집에 계시니
요리해서 같이 먹으면 좋을 거라 생각했어.
회사에 나가시지 않은 후로 아빠는 입맛이 없으신지,
계속 밥을 잘 못 드셨거든.

"먹을 때는 맛있게!"
달걀 프라이는 눌어붙고 빵은 타버렸지만,
그래도 직접 만든 거라 뿌듯했어.
난 완성된 요리를 들고 안방으로 뛰어갔지.

아빠는 침대에 누워 계셨어.
전부터 하루 종일 주무시기만 하셨거든.
달걀 프라이와 빵이 식을 때까지도 일어나지 않으셨어.
기다리다 못해 흔들어 깨웠지.
"나보고 늦잠 자면 안 된다고 했으면서……. 아빠는 왜 매일 잠만 자?"

내가 물어도 아빠는 말없이 웃으시기만 하는 거야.
혹시 아빠도 밤마다 여행하는 게 아닐까?
"아빠! 아빠도 자는 게 좋은 거지?!"
아빠는 내 머리를 쓰다듬으며 말씀하셨어.
"아니, 아빠는 잠드는 게 무서워……."
"무섭다고? 신나고 즐거운 게 아니라?"
고민하다 아빠의 귀에 속삭였어.
"아빠. 진짜 무서울 때는 옷장에 들어가서 자. 그럼 하나도 안 무서워져.
아니, 진짜 재밌는 일이 일어나!"
"무서울 때 옷장에……?"
"응, 있잖아. 사실은……."
아빠에게 코코를 타고 쿠루의 나라에 갔던 이야기를 들려줬지.

"우와! 정말 재밌었겠다. 다음에는 아빠도 같이 가고 싶어.
초대해 줄래?"
"그럼! 다음에는 꼭 같이 가요!"
아빠와 새끼손가락 걸고 약속했어.

"아빠랑 쿠루의 나라에 가면 정말 재밌을 거야!"
난 아빠와 함께 갈 생각에 들떴어.

회사에서 돌아온 엄마가 할머니와 이야기하는 소리가 들렸어.

"그이에게 시간이 얼마 안 남았대요. 이제 어쩌면 좋아요!"
엄마가 눈썹을 일그러뜨리자 할머니도 고개를 떨어뜨리셨어.
"아빠한테 시간이 없다고?"
궁금했지만 물을 수가 없었어. 엄마가 무척 화나 보였거든.

요즘은 밥을 먹어도 배가 고파.

가끔 먹을수록 허기질 때가 있어.
함께 먹을 사람이 없어서일까…….

너는 밥 잘 먹고 다녀야 해.
알았지?

아무리 고민해도 시간을 구할 수 있는 방법을 모르겠는 거야.
잠들어 있는 코코를 깨웠지.
"코코, 시간은 어디 가면 구할 수 있어?"
"아함~. 시간? 시간은 왜?"
"아빠에게 시간이 없어서 엄마가 화났어.
아빠가 잠만 자느라, 엄마랑 놀아줄 시간이 부족해서 그런 것 같아.
사실 아빠가 자느라 나랑 놀 시간도 모자라거든……."
코코에게 말하다 보니 울적해졌어.

"그래서, 아빠에게 가져다 줄 시간이 필요해!"
"흠, 시간이라……. 쿠루의 나라에 있는 북북성에 가면 구할 수 있을 거야."
"북북성?"
"응. 그곳엔 세상의 모든 것을 가지고 있는 요정이 살고 있거든."
"모든 것을 가지고 있다고? 대단해! 그럼 우리 시간을 구하러 가자!"

나는 코코를 졸라 쿠루의 나라로 출발했어.

쿠루의 나라에 도착하자 멀리 북북성이 보였어.
높은 첨탑엔 등대처럼 파란불이 깜박이고 있었지.

코코와 난 불빛에 의지해 안개에 둘러싸인 산을 넘기 시작했어.

뺨을 때리는 매서운 눈보라가 휘몰아쳐
앞을 볼 수조차 없었어.

눈보라가 멈추자 억수 같은 비가 내려
우산 대신 덮어쓴 이불도 금세 젖어버렸지.

비가 그친 후에는 발이 푹푹 빠져드는
늪이 나왔어.

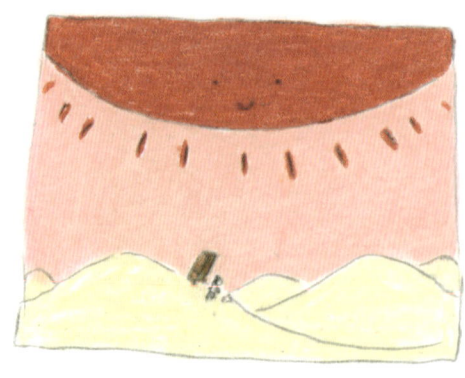

늪길이 끝나자 이글거리는 태양 아래
모래언덕을 지나야 했지.

코코의 양 문짝이 후들후들 떨렸어.
나도 잠을 못 자 자꾸만 눈이 감겼고.
"어! 코코! 저기 좀 봐!"

드디어 북북성의 입구가 보이기 시작했어.
"코코! 이제 다 왔어! 힘내!"
몇 번이나 포기하고 싶었지만 우리는 서로 의지하며 나아갔어.
마침내 돌다리를 건너 성 입구에 다다랐지.

성 안으로 들어오자 입이 딱 벌어졌어.
사방이 책들로 둘러싸여 천장까지 가득했거든.
책들이 쏟아질 듯 비틀비틀 탑을 이루고,
나비처럼 나풀나풀 날아다녔어.
"쟤들은 누구야? 어디서 온 거지? 뭐하러 온 걸까."
우리가 걸어가자 책들이 수군거리기 시작했어.
책들 사이를 조심스럽게 헤치며 성 안 깊숙이 들어갔지.

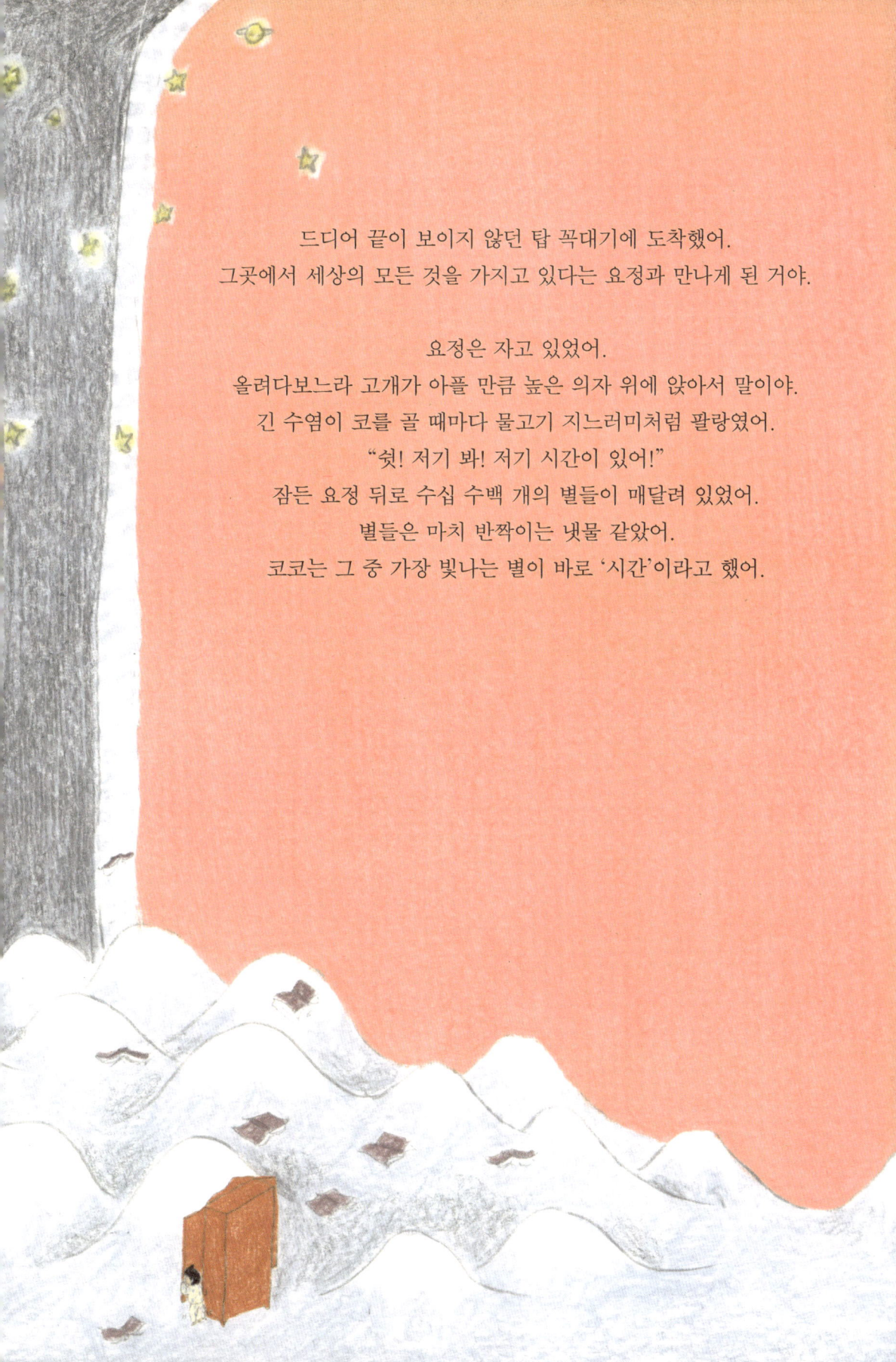

드디어 끝이 보이지 않던 탑 꼭대기에 도착했어.
그곳에서 세상의 모든 것을 가지고 있다는 요정과 만나게 된 거야.

요정은 자고 있었어.
올려다보느라 고개가 아플 만큼 높은 의자 위에 앉아서 말이야.
긴 수염이 코를 골 때마다 물고기 지느러미처럼 팔랑였어.
"쉿! 저기 봐! 저기 시간이 있어!"
잠든 요정 뒤로 수십 수백 개의 별들이 매달려 있었어.
별들은 마치 반짝이는 냇물 같았어.
코코는 그 중 가장 빛나는 별이 바로 '시간'이라고 했어.

"저기, 요정님! 잠깐만 일어나 보세요."
나는 코코를 타고 요정의 귀 옆까지 날아가 말했어.
"하암~. 뭐야! 누구야!!!"
요정은 잠을 깨워 화가 난 얼굴이었지.
책들은 겁먹고 양 날개를 파르르 떨기 시작했어.
"누가 날 깨웠어!!"

나는 무서워 이불 뒤에 숨었어.
"코코, 시간을 달라고 말해봐!"
"뭐? 나도 무서운 걸! 네가 말해봐!"
어쩔 수 없이 용기 내어 빼꼼히 고개를 내밀었어.
시간을 꼭 가져가야 했으니까.
"시간이 필요해요! 조금만 나눠 주실 수 없을까요?"
"시간? 시간을 달라고?"
요정은 짜증난 목소리로 되물었어.
"그럼 날 다시 재워 줘! 내가 잠들면 시간을 가져가도 좋아!"

코코와 난 요정을 재우기 위해 애썼어.
자장가를 부르고 요정의 머리를 쓰다듬어 주었지.
책들도 우리를 도와 성 안의 불빛을 어둡게 하고 날개 소리도 내지 않았어.
하지만 요정은 눈을 말똥말똥 뜬 채 하품만 해대는 거야.
"잠이 올 듯 말 듯해."
마지막 방법을 써야 했어.
내가 잠들지 못할 때마다 아빠가 해 주시던 그 방법을.
"재미있는 책을 읽어줄게요!!"
"책?!"
요정은 턱을 괴고 나를 미심쩍은 눈으로 바라봤어.

"……옛날 옛날에 한 소녀가 살았어요."
천천히 책을 읽는 내 목소리가 물결처럼 성 안을 한 바퀴 휘돌았어.
그러고는 다시 요정의 긴 수염을 쓰다듬었지.
요정은 눈을 감고 집중하기 시작했어.

책을 반쯤 읽었을 즈음 드디어 요정이 코를 골며 잠드는 거야.
"잘 때는 코오코오……. 됐어! 잠들었어!"

잠든 요정 너머로 걸려 있는 시간 중
가장 반짝거리는 몇 개를 주머니에 담았어.
시간은 너무 부드럽고 잘아서 금방이라도 부스러질 것 같았지.
아주 뜨거워 호호 불어가며 쥐어야 했어.

우리는 다시 분홍 하늘을 가로질렀어.
시간이 한 톨이라도 빠져나가지 않게 손에 꼭 쥔 채.
멀리 별구름의 모습이 보였어. 그런데 반짝임이 점점 약해지고 있는 거야.
"코코! 빨리 안 가면 아빠에게 시간을 못 드릴 거야!"
내 말에 코코는 온몸을 떨더니 힘차게 날개를 퍼덕였어.
"꼭 잡아! 최고 빠르기로 날아갈 테니깐!"
코코의 말에 나는 이불과 베개가 날아가지 않게 꼭 끌어안았지.
"으으으으! 간다아!!!"

별구름은 점점 작아져 코코와 내가 겨우 지나갈 정도 밖에 남지 않았어.
"조금, 조금만 더! 으자잣!"
머리만 간신히 집어넣었을 때 구름이 거의 닫혀 버렸어.
"아파! 코코!"
코코와 난 숨쉬기조차 힘들었어.

그때 코코의 문 한 짝이 구름에 끼어 부서져 버린 거야.
코코가 중심을 잡지 못하고 한쪽으로 기우뚱하며 기울었어.
그 바람에 나는 옷장에서 떨어질 뻔 했어!
"코코!!"

간신히 코코가 내민 서랍을 잡고 매달렸어.
"나 떨어질 것 같아. 어어어~."
팔에 힘이 점점 풀리는 거야. 그때 코코가 외쳤어.
"하나, 둘, 셋! 하면 끌어올릴게. 하나, 둘, 셋!"
코코가 힘을 주자 나도 힘껏 서랍을 잡고 올랐지.
"됐다!!!"
코코에 올라타자마자 우리는 구름에서 빠져나왔어.
한숨 쉬며 뒤돌아보았을 땐 구름은 이미 물방울이 되어 사라져 버렸지.

별들이 모두 없어져 집으로 가는 길을 찾지 못할 만큼 어두워졌어.
"이쪽인가? 아니 저쪽인가?"
코코는 당황해 한자리에서 뱅글뱅글 돌기만 했어.
"코코~. 이러다 시간이 다 날아가 버릴 지도 몰라!"
울음이 나오려는 걸 억지로 참았지.
"너무 어두워 어느 쪽인지 잘 모르겠어……."
코코도 목이 메는 목소리로 말했어.

"코코 저기 봐!"
그때였어! 어둠 속에서 반짝이는 불빛이 우리를 향해 다가오고 있었어.
아빠가 옷장 앞에 놓아 주셨던 램프였어!

램프는 집으로 인도하듯 반짝이며 앞장섰어.
불빛을 등대 삼아 가까스로 집으로 갈 수 있었지.
그런데 그 사이 시간이 든 주머니가 가벼워진 거야.
깜짝 놀라 주머니 안을 확인했어.
따끈따끈했던 시간이 미지근하게 식어 있었어.
"빨리, 빨리 가야해! 코코!"
조바심이 나 큰 소리로 외쳤어!
"이제 다 왔어!"
내 방 커튼이 결승점의 깃발처럼 펄럭대고 있었어.

"다행이야! 무사히 돌아왔어!"
"응, 아빠에게 시간을 드리고 올게!"
나는 코코에게 말한 뒤 뛰어갔어.
조금 전보다 더 홀쭉해지고 차가워진 시간을 들고 말이야.

바닥에 발자국이 찍혀 엄마에게 혼날까 걱정되었어.
하지만 아빠에게 빨리 시간을 드리려 했다고 말하면
이해해 주실 거라 믿었어.

그런데 아무리 찾아도 아빠가 보이지 않았어.

나는 아빠가 어디에 계실지 알 것만 같았어.
천천히 안방으로 가서 옷장 문을 열었지.
"아빠! 나 시간을 가지고 왔어!"
아빠는 역시 옷장에 잠들어 계셨어.

"나 북북성 요정에게 시간을 얻어 왔어! 일어나 보세요. 아빠."
어깨를 흔들어 깨웠지만 깊이 잠드셨는지 일어나지 않으셨어.

"내가 너무 늦게 와서 아빠가 시간을 다 써버린 걸까……?"
아빠가 일어나지 않는 게 내 잘못 같아
마음이 그만 축축하게 무거워졌어.
아빠 코에 코를 대고 코뽀뽀를 했어.
코끝이 너무 차가워 깜짝 놀랐지.
늘 나던 박하사탕 냄새도 나지 않았어.

나도 모르게 눈물이 났어.

"아빠가 자는 게 정말 무서웠나 봐. 그래서 옷장에서 잠드신 거야."
옷장에 올라가 아빠 옆에 누웠어.
그러고는 주머니에서 시간을 꺼내 아빠 손에 꼭 쥐여드렸지.

아빠, 이제 무섭지 않을 거예요.

여전히 잠을 잘 못 자.

늦은 밤. 가끔 엄마에게 전화가 걸려와.
"잘 지내니?"
"네."
"밥은 잘 먹고?"
"네."
"아직까지 안 자고 뭐하니?"
"……엄마는요."
이제는 말하지 않아도 알 수 있는 것들이 많아져.

전화를 끊고 나면 어린 시절의 엄마가 떠올라.
얼마나 무서웠을까.
뒤늦게 깨달았어.
아빠가 떠날 거라는 두려움에
화내는 것 외에 할 수 있는 일이 없을 만큼,
엄마는 정말 약한 존재였구나.

침대에 누워 까만 천장을 바라보고 있으면
이런 저런 생각이 꼬리에 꼬리를 물고 이어져.
가지고 싶은 것은 많은데 월셋날은 가까워지고
하고 싶은 일은 셀 수 없는데 체력은 하루가 다르게 떨어지고
지나쳤던 사람에 대한 미련 후엔 지나칠 누군가에 대한 두려움이
과거에 대한 후회 뒤엔 어김없이 미래에 대한 걱정이 따라와.
금세 방안에 모양과 크기가 각기 다른 불안 알맹이들이 모여
희끄무레한 안개로 가득 차 버려.
나는 수증기가 자욱한 사우나에 누워 있는 듯 가슴이 답답해지곤 해.

답답함이 넘칠 때쯤 네 생각을 해.
끝에는 늘 질문 하나가 덩그러니 남아.
우리가 함께 했던 시간은 어디로 간 걸까.
나는 너에게 얼마나 늦은 걸까…….
아니, 애초에 우리에게 주어진 시간은 그만큼이 아니었을까?
코코와 내가 아무리 빨리 날았어도
아빠에게 시간을 전해 주지 못했던 것처럼.
어쩌면 세상에는 노력해도
바꿀 수 없는 무언가가 있는 게 아닐까.

모든 시간에 끝이 정해져 있지는 않을까…….

아빠는 지금쯤 어디에 있을까.
솔직히 난 '끝' 뒤에 뭔가가 있을 거라는 상상이 잘 되지 않아.
그래서 우리의 '끝' 뒤에 무언가 남아 있을지도 모른다는 게 짐작조차 안 돼.
까만 어둠.
그것밖에 떠오르지 않아.
그래, 나는 끝이 두려워 끝을 재촉했는지도 몰라.
받아야 할 벌을 미리 받고 안도하고 싶은 사람처럼 말이야.

알아.
나도 내 어릴 적 이야기가 사실이었다고 믿지는 않아.
옷장이 날아오르고, 별구름 너머 신비한 나라가 있다는
따위를 믿기엔 너무 커 버렸으니까.
한 가지 확실한 건 어릴 적 그때보다
나는 훨씬 겁쟁이가 되었다는 거야.
그래서 말이야.
난 이 편지를 너에게 보낼 수 있을지 모르겠어.

오늘은 정말 잠이 안 오네.

코코……?

아빠……!

아빠. 나는 지금 정말 행복해요.

그래서 두려워요.

이 순간이 지나고 난 뒤의 시간을 어떻게 보내야 하는 거죠?

놀 때는 신나게

먹을 때는 맛있게

잘 때는 코오코오

그렇게

순간순간을 소중하게.

그러면 된단다.

믿기 힘든 얘길 하나 해줄까?

어젯밤에 있었던 일인데.
네가 들으면 '에이, 거짓말.' 하고 웃겠지.
그냥 재밌는 이야기라 생각하고 들어줘.

p.s. 이 편지가 끝나면 너에게 갈게.
만나서 할 이야기가 있어.
너무 늦지 않았길.

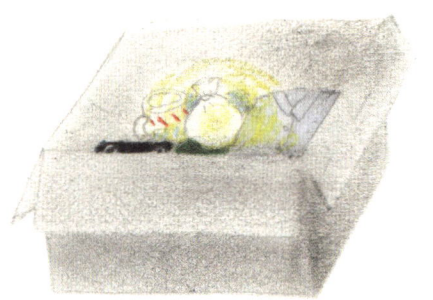

글 · 정미진
시나리오와 그림책 글작가로 활동하고
있습니다. 어릴 적 옷장에 들어가 이런저런
상상을 하며 놀던 기억이 『잘 자, 코코』의
바탕이 되었습니다. 글쓰기의 재미를 가르쳐
주신 아버지에게 이 이야기를 바칩니다.
아빠. 더 이상 아프지 않은 세상에서 훨훨,
날고 계시길. 글을 쓴 책으로 『깎은 손톱』
『있잖아, 누구씨』 『딸꾹』 『검은 반점』
등이 있습니다.

그림 · 안녕달
물 흐르고 경치 좋은 산속학교에서
시각디자인을 배우고, 지금은 일러스트를
그리고 있습니다. 『잘 자, 코코』는 잔잔한
그림으로 따뜻한 정서를 표현하려 했습니다.
http://bonsoirlune.com에서 언제나 그림을
전시하고 있습니다. 쓰고 그린 책으로
『수박 수영장』 『할머니의 여름휴가』 『안녕』
등이 있습니다.

정오의 따사로움과 열정을 담은
어른들을 위한 그림책을 만듭니다.

잘 자, 코코

초판1쇄 발행일
2014년 12월 20일

초판5쇄 발행일
2022년 1월 10일

글
정미진

그림
안녕달

펴낸곳
atnoon books

펴낸이
방준배

디자인
강경탁 (a-g-k.kr)

교정
엄재은

등록
2013년 08월 27일 제 2013-000257호

주소
서울시 마포구 연남로 30

홈페이지
www.atnoonbooks.net

인스타그램
atnoonbooks

트위터
atnoonbooks

유튜브
yt.vu/+atnoonbooks

연락처
atnoonbooks@naver.com

ISBN 979-11-952161-2-3

이 책의 글과 그림의 일부 또는 전부를 재사용하려면 반드시 저작권자의 동의를 얻어야 합니다.

ⓒ 정미진 안녕달, 2014

이 도서의 국립중앙도서관 출판시도서목록(CIP)은 서지정보유통지원시스템 홈페이지(http://seoji.nl.go.kr)와 국가자료공동목록시스템(http://www.nl.go.kr/kolisnet)에서 이용하실 수 있습니다.(CIP제어번호: CIP2014035009)

책값은 뒤표지에 표기되어 있습니다.